콩깍지 천국

배정이 제5시집

시음사
시사랑음악사랑

사랑으로 행복을 주는 배정이 시인

사람이 살아가면서 "詩" 문학 작품을 바탕으로 한 글을 쓴다는 것은 그리 쉬운 일은 아니다. 그만큼 감수성과 창의력이 있어야 하고, 그러면서도 독자로 하여금 공감대를 형성할 수 있는 안에서 표현해야 하기 때문이다. 작가라고 해서 그저 자신의 생각을 지면으로 옮기는데 급급한다면 자신을 내세우기 위한 것이며, 또한 혼자만의 독백으로 변질되고 만다. "詩" 문학작품이 시인의 개인적 영감과 통제력의 산물이 된 작품을 볼 수 있는 기회는 그리 쉽지가 않다. 현대 시를 말하길 자유로운 표현 그러면서도 형식이 없는 것이 현대 시라고 말들을 한다. 그것은 초보 시인이 많이 배출되면서 독자와 조금이라도 더 가까이 가기 위해 만들어진 말들이다. "詩"는 "詩"다워야 하고 "詩"는 "詩"여야만 한다. 현대 시를 쓰면서 정도와 기본을 지키면서 작품을 쓰는 시인을 한 명 추천하라 한다면 배정이 시인을 추천하고 싶다.

배정이 시인의 이번 제5시집 제호는 "콩깍지 천국"이다. 고대에 로마인들이 늘 습관처럼 되뇌었던 "Dum sporo sporo"라는 단어가 생각난다. 이 말은 살아 있는 한 희망을 버리지 말자! 라는 명언 중의 하나이다. 배정이 시인은 현대를 살아가는 독자에게 삶에 빠져 허무하고 어둑한 그림자가 온몸을 휘감아도 한 줄기 빛이 나락(奈落)의 심연(深淵)에서 구해줄 것이라는 희망과 용기를 주는 듯하다. 인간에게 가장 큰 행복은 사랑을 할 수 있다는 것과 사랑을 줄 수 있는 기회가 주어진 것이다. 그 사랑을 배정이 시인은 詩라는 문학 장르로 표현하고 있다. 자신의 작품을 읽고 한사람이라도 행복한 마음을 잠시나마 가질 수 있고, 그러면서 미소 짓기를 바란다는 배정이 시인의 작품세계를 들여다볼 수 있는 "콩깍지 천국"을 접할 수 있어 기쁜 마음으로 추천한다.

사단법인 창작문학예술인협의회 이사장 김락호

삶

봄 축제가 이 땅에 열린다.

꽃향기 하나로 굶주린 영혼은 채워간다.

시인 배정이

목차 1

8   초원의 백마

9   나비와 꽃

10   역경은 내 첫사랑

11   무어라 부르리까.

12   괴로움은 잠깐

13   아픔의 무게

14   행복한 몽상

15   청실홍실

16   나쁜 눈빛

18   예쁘고 귀여운 외로움

21   성냥개비 생각

22   구름 돛단배

23   어디서 오셨나요.

24   리듬 터치

25   무지개다리

26   시간의 꽃

28   기나긴 사랑을 위하여.

29   오만의 길

30   금쪽같은 우리 은진이

32   하늘과 맞닿은 땅

33   고혹적인 미소

목차 2

34 한 번 뿐인 인생.

35 사소한 말다툼

36 사랑의 문이 열리는 날에는

38 바다 새의 꿈

39 자음, 모음

40 중년의 노안

41 초짜 중년의 배꼽인사

42 뻗치는 흰머리

43 뒤통수 치고 싶은 남자

44 뒤통수 치고 싶은 여자

45 있잖아, 나말이야.

46 봉선화 꽃물

49 멀쩡한 가스레인지

50 중년의 빛깔

51 양다리 종결자

52 딱 이만큼은 사랑받고 싶습니다.

54 맞아요, 그래요.

56 존경과 사랑

58 아기 같은 당신

60 춤추는 감정

61 내 아름다운 연인

목차 3

62   이게 여자의 결혼입니다.

64   중년의 신혼생활

66   오랜만인 당신

68   고달픈 당신

70   꿈꾸는 플루트

72   재수타령

73   햇살아, 고마워.

74   콩깍지 천국

76   아주 좋은 날

77   증도 바닷가에서. (76세 엄마의 글)

78   기운 달리다.

79   말랑말랑한 울 랑이

80   화장대에 놓인 하이힐

82   참사랑

83   미소

84   그리움

85   새콤달콤한 꿈

86   아침마다 포옹해요.

88   울 랑이는 최고의 명품 보약이다.

90   푼수데기

92   사랑한다는 말은.

93   미운 오리 새끼

목차 4

94   대추 토마토

95   입체적인 거짓말

96   얄미운 위선

98   건전한 소비

100   음악을 듣는 호사

102   뚱딴지 전화

103   행복한 여행

104   달밤의 체조

106   행복이 커가는 소리

107   보조개의 설움

108   남편에게 큰절합니다.

110   간 떨어지게 하는 자리끼

112   통 큰 또라이 1 혼자서도 잘해요

113   통 큰 또라이 2 폼생폼사

114   통 큰 또라이 3 땡전 한 푼 없다.

116   통 큰 또라이 4 꾀는 게 뭔 대수냐!

118   통 큰 또라이 5 또라이 십계명

120   통 큰 또라이 6 열여덟 개의 촛불

121   통 큰 또라이 7 노랑머리 계집

122   통 큰 또라이 8 변기통에서의 단잠

124   통 큰 또라이 9 무시당한 마음

126   통 큰 또라이 10 아가씨, 술 좀 따라봐.

초원의 백마

나는 기다란 머리카락을 휘날리면서
그간의 구속된 시간을 털어버리고
초원의 백마로 거침없이 나아갑니다.

새봄의 하늘도 맑은 낯을 드러내고
얕은 구름을 깃발처럼 휘날리며
푸른 세계로 가볍게 나아갑니다.

어쩔 수 없이 냉정하게 흐르는 세월에
묻혀서 가는 일들이 서럽다는 것을.

거북이 등처럼 메말라가는 감성과
이따금씩 고른 숨결은 감각을 잃기에.

나는 제자리를 박차고 점점 더 세게
저 새봄의 하늘을 시샘이라도 하듯이
풀 냄새를 만끽하면서 앞으로 달립니다.

나비와 꽃

우리 다시 태어나면

나비와 꽃으로 태어나요.

순간도 운명처럼

깊게 머무르는 사랑.

한 줄기에 피어나는

나비와 꽃으로 태어나요.

역경은 내 첫사랑

역경은 내 첫사랑입니다
수없이 고민하게 만들고
아픔과 기쁨을 주니까요.

아마도 역경이 없었다면
지금에 나는
좋은 행복을 모를 거예요.

오랫동안 내 기억에 머물러서
가슴 뛰게 하는 역경은
이제 황홀한 삶의 시작입니다.

무어라 부르리까.

빈 허공에 대고
견디기 힘든
그리운 마음을
토하듯 말합니다.

쌓여진 보고픔이
후련해지도록
부르고 싶은데
무어라 부르리까.

무어라 불러야
눈물 흘리지 않고
가슴 아프지 않고
마음이 달래집니까.

어중간하게 정들고
어중간하게 헤어져서
애매모호한 호칭에
무어라고 부르리까.

그대라 부르리까.
당신이라 부르리까.
나는, 난.
원 없이 사랑이라
그리 부르고 싶습니다.

괴로움은 잠깐

내년 동짓달의 내 생일쯤에는
아무것도 기억나지 않을 일에.

오늘 왜 이렇게 괴로워하고
스스로 숨통을 조이고 있는 것인지.

세상 이치에 그러려니 순응하고
마음을 조금만 곱게 가다듬으면.

파란색 신호등의 인생을
조금 더 일찍 즐겼을 텐데.

잊자.
잊어도 되는 일에 고민 하다가
심장이 새까맣게 타서 숯덩이 되겠다.

잊자.
잊으면 괴로움은 인생에 잠깐이고
기쁨은 내 인생에 영원하리라 본다.

아픔의 무게

이별의 아픔보다

더더욱 아픈 건.

당신의 무관심인지

배려인지 전혀 모를.

정지된 느낌과

말 없는 침묵입니다.

행복한 몽상

구름 한 점 없이 맑은 하늘에
낮달이 춤을 추고 노래하면서
새를 부르고
은은한 꽃을 피우고 있기에.

봄 숲에 대금 연주하는 이는
선들선들한 꽃잎의 바람결에
시름겨운 미간을 펼치고
고운 음색으로 벗을 부릅니다.

노루와 사슴 토끼와 다람쥐
그리고 여우와 새끼 사자들은
귀를 쫑긋쫑긋 세우고
꼬리를 흔들면서 리듬을 탑니다.

온 숲에 울려 퍼지는 행복소리는
생각을 바꿔주는
티 없는 물방울 소리 같아서
지나는 내 마음도 가만히 머뭅니다.

청실홍실

저 하늘의 길가에
저 바다의 길가에
사무치는 그리움을
자락자락 펼치어서.

그님이 가시려나,
내님이 오시려나,
살풀이 춤사위에
붉은 마음 물들입니다.

청실홍실 다정히
자고 나면 커지고
자고 나면 빛나는
소곤소곤한 사랑을.

춤사위에 낮의 새로
내님의 가는 마음을
어서 돌아오라고
든 정을 풀어서 날립니다.

나쁜 눈빛

하얀 안개비 맞으며
소담스럽게 피어나는
자운영 향기 속에서.

나만을 좋아한다고 언약한 친구야.

넌
내 약지 손가락에
믿음을 끼워 주었지.

나는 며칠 전에 보았단다.
네 옆에 있는 그녀에게
나와 같이 하는 모습을.

이대로 돌아서면
믿음의 의미를 잃어
조금은 후회 되어도.

멈추지 않는 추억을 위해 돌아서련다.

나에게는
언약한 믿음을 저버리고
쉬이 배반하는
나쁜 눈빛에 야비한 웃음은.

정답게 어울리는
예전의 모습과
매력이 넘치는
특별한 너만의 느낌은 오지 않는다.

예쁘고 귀여운 외로움

외로움아, 너는 참 예쁘고 귀엽다.

처음, 네가 나를 찾아왔을 때는
순간 혼자라는 것이 알 수 없어
달아나고 싶고 몹시 당황했다.

그런데 지금의 나는 아니다.
떨어지고 싶어도 떨어질 수 없이
외로움이 네게 푹 빠져서
밤낮으로 연애편지를 쓰고 있다.

하루일과처럼 습관이 되어서
거울에서 너를 보고
우리 잘 지내자고 웃기도 하고
밥을 먹을 때도 쓸쓸하지 않게
우리 맛있게 먹자고 말을 한다.

새로운 세계가 환하게 열리기도 하고
색다른 언어를 오밀조밀 만들어서
연처럼 창공에 훠이훠이 날리기도 한다.

외로움아,
예쁘고 귀여운 외로움아,
난 말이야 가끔
놀라운 일이 다가오면 거부가 오초라면
긍정하고 익숙해지는 데는 일초다.

내가 너를 인정하고 받아들이는 시간은
그렇게 오래 걸리지 않았고
너하고 지내는 방법을 찾기까지는
다소 의아한 마음이 들기도 했다.

그렇지만
생소한 너와 알콩달콩 친해져서
나 스스로를 이해하는 데는
초록빛으로 도움이 되어가고 있다.

사람은 그런가봐
돈에 어려움이 생겨서 외로워 보아야 하든지.
건강에 이상이 있어서 외로워 보아야 하든지.
아니면
사랑의 아픔으로 외로위 보아야 하든지.
결국의 우리는
혼자인 외로움을 느껴야 성장 하나보다.

나는 행운이 있나봐.
사랑할만한 시기에
사랑할만한 사람을 만난다는 것은 드문 것인데.

이렇듯 인생에서 달아나고 싶을 때
귀여운 너를
사랑할만한 시기에 만나서 행운이다.

외로움아, 예쁘고 귀여운 외로움아.
너는 음식에 앉은 파리가 아니다.
그래서 나는 너를 내쫓으려 하지 않는다.

너도, 나를 뿌리치지 않고 같이 있는 한
나는 너를
앞으로도 계속 놓치지 않고 살 거다.

삶에서 귀여운 너마저 놓치고 살아간다면
내 눈동자에 동공은 점점 작아 질 거다.
그러니까 황소의 눈처럼
내 까만 동공이 똥그래지도록 함께해야 한다.

성냥개비 생각

녹음이 짙어가는 유월에 나라는 존재는
까만 숯덩이로 생지옥에 갇혀 있습니다.
똑같은 모양에 똑같은 크기로
빽빽이 들어서는 성냥개비 생각입니다.

게임의 시작은 하나 둘 셋, 1초 2초 3초
순간의 제각기 다른 세 가지 생각하고
작은 불꽃을 잡아야 하는 널뛰기입니다.

시간이 갈수록 몸은 조금씩 바스라지고
감각을 잃은 허깨비로
방방이는 몹쓸 놀이에 지치고 있습니다.

하나, 둘, 셋이 아닌 1초 2초 3초도 아닌
모두다 한꺼번에 버리든 한꺼번에 태우든
이 성냥개비 생각에서 벗어나고 싶습니다.
이 지독한 생지옥에서 벗어나고 싶습니다.

구름 돛단배

두둥실 두둥실 구름 돛단배 타고
파란 하늘에서 한가로이 노닙니다.
근심 걱정 없이
그저 무심하게 한량없이 노닙니다.

벗어내려야 하는 질긴 고민을
선인장 가시처럼 끌어안고
어떤 생각을 입어야 하는 걱정을
사명감에 이끌려 하지 않아도 됩니다.

맹자 엄마의 아들이 공부에서 겉도는 푸념을
테이프 늘어지게 듣지 않아도 되고
공자 엄마의 남편이 바람났다는 앓이를
늴리리 맘보로 듣지 않아도 됩니다.

어디선가 배실배실한 미소 바람이
꽃향기를 실어와
파란 하늘에 훠이훠이 날려 줍니다.

두둥실 두둥실 구름 돛단배 타고
나는 더할 나위 없이 행복하게 노닙니다.
곰팡이 냄새 나는 생활에서 벗어나
두둥실 자유롭고 홀가분히 노닙니다.

어디서 오셨나요.

이 세상에 없이
기쁨인 내 당신
어디서 오셨나요.

얼굴만 보아도
너무나 좋아서
미소가 감도네요.

어디서 오셨는지
그곳이 어디인지
나는 알고 있어야.

이별이 지금이래도
따를 수 있어야
보낼 수 있는데...

마음에 곱게도
간직한 내 당신
어디서 오셨나요.

리듬 터치

미쳤다.
멀쩡하지 않은 미치광이다.
세상 무대에서 부러 연극하고 쇼하는
단막극의 대본에 미친 척이 아니라
정말 온전하지 않은 나는
정신이 아주 나가서 도는 미치광이다.

난초 잎 같은 슬립 하나
몸에 걸치고
잔나비처럼 온 방을 날아다니면서
물건마다 만져서 흩트리고
화장대와 문갑에
오르락내리락 춤추면서 생각을 딴다.

마음대로 멈추고 싶어도 멈출 수 없이
소리의 마력은 묘한 리듬을 일으켜서
한 시간이 지나 두 시간 그리고 하루다
내 발광도 연이어 리듬을 터치하게 한다.

강물이 거실 바닥에 느릿느릿 흐른다.
웃고 있는지 울고 있는지 모르는 감정이
내 마음 깊이 아리게 스며들이
저 머 언 산들 바람에 기대고 싶은 광녀다.

무지개다리

일곱 색깔 무지개다리에 머무른 우리는
이 밤이 다하도록 붉은 무늬를 펼칩니다.

내 고운 그대는 풀잎으로 초록색의 노를.

나는 새벽의 이슬로 파랑의 배를 만들고.

눈이 부시도록 싱그럽게 무늬를 펼칩니다.

산솔 향기 짙게 묻어나는 무지개다리에서
비워도, 비워도 채워도 채워지지 않는
안온한 숨결의 소나타가 유유히 흐릅니다.

시간의 꽃

보입니다.

시침 분침 초침의 시간의 꽃이.

말합니다.

똑딱똑딱 째깍째깍 시간의 꽃이

뿌연 기체에 가려져

볼 수 없었던 시간입니다.

내 혀가 오므라져

말하지 못했던 시간입니다.

내 안에 마음은

알 수 없는 소리에.

견딜 수가 없어서

죽은 듯이 정지되었는데.

갓난아이의 얼굴처럼

옹알이하는 혀끝처럼

뽀얀 시간의 꽃이 보입니다.

시침 분침 초침과

똑딱똑딱 째깍째깍하는

뽀얀 시간의 꽃이 맑게 보입니다.

기나긴 사랑을 위하여.

봄빛 같은 그대의 미소를 모읍니다.
동화 같은 그대의 마음을 모읍니다.

매 순간마다 그대의 향기로운 호흡을
내 시간에 촘촘히 모아서 간직합니다.

이 세상의 무엇과도 비교할 수 없이
신비롭고 순수하고 의젓한 내 그대여.

금세라도 내 마음 그대에게 비추고
심장이 뛰는 표정을 주고 싶어도.

아주 오래된 연인처럼 느껴질 때까지
이대로 바라볼 뿐 다가서지 않겠습니다.

내 생애 다시없을 말씨가
그대와 끝없이 기나긴 사랑을 위하여.

이대로 바라볼 뿐 다가서지 않겠습니다.

오만의 길

오는 이 누구인가
가는 이 누구인가
묻는 말에 외마디로 답하고
묻지 않은 말에 침묵합니다.

도표에 설계한 일 뜻대로 이루어져
삶을 소리 높여 자랑스럽게 드러내고
상대의 무능에 무안한 기색 주면서
아픔을 이해로 곁들지 못 했습니다.

이미 내뱉은 말의 상처를 후회로 주어
처음의 선을 다리미로 잡을 수 없기에
미안하고 죄스러움에
스스로 오만의 길을 응징하고 있습니다.

언어 장벽에서 굳어 있는 반 시체는
오로지 자연과 음악에 옹알거리며
처절한 외로움에 취하는 나날입니다.

잘나지도 못하고
비쩍 마른 쭉정이 같은 오만
내 오만이
나를 죽이는 날은 오고야 말았습니다.

금쪽같은 우리 은진이

따르릉 따르릉 새벽같이 울리는 전화는
항상 우리 은진이다.
"고모!!~ 우리 유치원에서 재롱잔치해요~
제가요~ 고모 초대할 테니까 꼭 오세요.~"
"그래, 언제 하는데"
"2015년 11월 4일 수요일 10시에 시작해요"
"아이고 똑똑한 우리 강아지 그래요.
그런데 고모가 바쁘면 어떡하지?"
"피~익, 고모가 와서 박수 많이 쳐줘야 해요."
"왜 그래야 하는데?"
"왜냐면요!~
은진이가 고모하고 약속을 잘 지키고 있으니까요.
깜깜한 6시에 일어나서 세수하고 밥 먹고
아빠랑요~ 나주에서 함평 유치원에 잘 가고요~
피아노도 날마다 재미있게 배우고요~
또 고모랑 치과에 가서 앞니도 빼야 되요 히히."
"그래, 그러면 고모가 약속 잘 지키는 우리 은진이가
재롱을 얼마나 예쁘게 떠는지 꼭 봐야겠네."
"우와!~ 히히 고모 고맙습니다!~ 끊어요. 툭"
요런, (웃음)
귀엽고 앙증맞은 우리 강아지가 좋아서 어쩔 줄 모른다.
드디어 한마음으로 어우러지는 기산의 축제날이나.
학생들과 병설유치원 원아들이 그동안 익힌 솜씨를
유감없이 펼치는 두 시간의 예술제가 시작되었다.

프로그램 중간 중간에 유치원 무용은
갑돌이와 갑순이, 꼭꼭 숨어라, 노란셔츠의 사나이인데
무대의 조명이 점점 낮아지는가 싶더니
빛을 내고 개나리꽃들이 활짝 피어나는데 나는 놀라웠다.
유난히 향기로운 한 송이 꽃에 감동해서
나는 멈춰지지 않는 눈물의 칭찬과 박수를 보냈다.
음악에 맞춰 방긋 웃으면서 신나게 율동하는 내 조카
금쪽같은 우리 은진이가 너무나 사랑스럽고 예뻤다.
눈 코 뜰 새 없이 바빠서 못 오는 은진이 아빠는
늦둥이 딸애가 이렇게 예쁜 걸 동영상으로 보면
기특해서 또 얼마나 눈물을 흘릴지 내 눈에 선하다.
류정숙, 최용화 선생님, 고맙게 지도 해주신 재롱잔치
행복하게 보고 급식실에서 정성껏 준비해주신 식사도
은진이와 따뜻하게 잘 먹었습니다. 기쁘고 행복했습니다.
은진아!~ 1학년 기산예술제에 고모 또 초대해줘!~
고모가 금쪽같은 우리 은진이 하늘만큼 사랑한다. ♡ ♡

하늘과 맞닿은 땅

높고도 넓은 하늘같은
사람이 곁에 있습니다.
풍성한 사계절의 땅에
사랑이 곁에 있습니다.

살아서도 죽어서도
평생 함께 하자고
속삭이는 소리 들려오고
달싹이는 소리 들립니다.

저기 저 만큼의 겨울에서
여기 이 만큼의 봄에까지
사랑은 어느새
가까이 다가 왔습니다.

하늘과 맞닿은 땅은 서로를 비춥니다.
아름다운 사랑의 이야기는
너른 품안에서 고요하게 울려 퍼집니다.
아주 편안하게 오래오래 울려 퍼집니다.

고혹적인 미소

우리 님
고혹적인 미소 머금음이
보름달에서 초승달로
가늘게 비워 있을 때면.

이 마음
물빛 고운 이슬방울로
초승달에 걸터앉아
피리 소리에 노래 부르며
사랑 가득 채워 드릴래요.

초롱초롱한 큰 별은
새하얗게 달무리 지어
손풍금에 풀꽃 연주하고.

아기자기한 작은 별은
환상의 은빛 가루를
관객 되어 뿌려 주지요.

사랑하는 우리 님
한 쪽 눈을 살짝 감아 윙크하고
양손으로는 얼굴을 감싸면서
멋진 세리모니에 감동을 주네요.

한 번 뿐인 인생.

한 번 뿐인 인생이라는 말

나는 거부합니다.

타인으로부터

또는 내 자신으로부터

하루에도 여러 번 겪었던

삶과 죽음.

나는,

단호히 거부하면서도

어김없이 받아들이는 것은

한 번 뿐인 인생이라는 말에

의지가 되는 당신.

당신이 내 곁에 있기 때문입니다.

사소한 말다툼

하고 싶은 말이 많아서
묻고 싶은 말이 많아서
차라리
나는 네게 눈을 감는다.

한없이 외로움이 밀리고
너무나 가슴이 답답해서
차라리
나는 네 마음을 놓는다.

너를 내 사람으로 사랑하고
너를 망각하게 하는 사랑이
나를 슬프게 하는 미움이다.

사랑의 문이 열리는 날에는

느낌이 좋은 한 사람으로 인하여
사랑의 문이 열리는 날에는
그 날의 공기도 맑고 상쾌합니다.

머리에서는 변화를 원하지 않아도
가슴에서는 변화를 찾으려 하고
가장 먼저 가까운 주변을 살핍니다.

예전에는 관심을 보이지 않는 곳에
차츰
미세한 부분까지 관심을 가집니다.

느낌이 좋은 한 사람으로 인하여
사랑의 문이 열리는 날에는
고풍스러운 감각의 외골수도
촌뜨기로 몰락 하기는 순간입니다.

원색의 스카프나 넥타이를 보고
취향 때문에 고민을 하면서도
선물을 주고 기뻐하는 모습을 위해
거울 앞에서 표정을 연습합니다.

말똥을 밟아도 좋을
사춘기가 시작 되면서
세상의 단 한 사람을
기다리는 시간은 설렘입니다.

보이는 말마다 마음에 담아서
비가 오는 날은 우산이 되어 주고
빛이 쬐는 날은 그늘이 되어 줍니다.

바다 새의 꿈

집시 되어 떠도는
바다 새의 꿈이
수평선 저 너머에
푸르게 펼쳐져 있겠지.

해초 냄새에 묻혀
쏟아내는 슬픔은
고요한 바다에
깊은 물결로 일렁이고.

지금 이 순간의
두려움보다
기쁨이 앞서는 작은 섬에
그리움 하나 남겨 두겠지.

자음, 모음

너희는 맑은 물방울처럼 톡톡 튀고
말은 없어도 화해와 조화를 이루고
오만이 순수하게 보일 정도로 예쁘다.

자음 19개와 모음 21개의 너희에게
콩깍지가 씌워서 두 눈이 먼 채
밤마다 영혼을 속속히 벗어 내린다.

가까이 다가가면 술래가 되는 너희들을
언제쯤이나 마음껏 볼 수 있을까.
바로 보는 날이 오기는 할까.
흙먼지가 되어서야 너를 볼 수 있을까.

나는
언제인가는 보겠지. 그 날이 기다려진다.
그 날이 올 때까지
달빛의 정원에서 내 영혼을 벗어 내린다.

중년의 노안

보배롭고 고마운 우리의 두 눈을
그동안 축복의 기회를 얻어 잘 쓰다가
중년이 되어서 축복의 기회를 잃었다고
슬퍼하거나 서러워하지 않아야겠습니다.

어느 날 내 눈은 벼락을 맞았다고
세상이 눈에서 멀어지듯이 서러웠습니다.
가족의 얼굴도 흐릿하고
손안에 있는 글도 희미해서 슬펐습니다.

섬유 냄새와 먼지가 휘날리는 가게에서
눈은 토끼눈처럼 빨갛게 충혈 되고
동공을 움직일 때마다 모래알이 따가워서
눈알을 꺼내 차가운 물에 씻고 싶었습니다.

안과에서 정밀검사 받고 눈 수술 하고 나서는
생선의 잔가시도 구김살 없이 발라내고
손톱 정리 할 때도 현기증이 나지 않고
영화 자막에 겁먹지 않아서 행복합니다.

처음 축복의 기회를 얻었을 때처럼
맑은 시력을 찾으려고 마음을 가볍게 합니다.
마음이 무거워지면 안압이 올라가
이 기회도 잃을까봐
햇살에 휴식하면서 눈 운동을 열심히 합니다.

초짜 중년의 배꼽인사

당신은 선생님을 자처하는 경우가 있습니다.
나이에 어울리게 성숙된 말을 하고
나이 먹으면 나이에 맞게 행동하라고 합니다.

나이에 어울리지 않게 철없는 언행이 보이면
"저거 나잇값 하나 못해서 어디다 써먹어.
순진한 거야, 아니면 바보야" 하고
어딘가 한쪽이 모자라고 부족하게 여깁니다.

나는 나이가 먹어갈수록
유치원 아이처럼 살자고
거울 보면서 혼잣말을 자주 합니다.

사람을 대할 때나 자연이나 동물을 대할 때는
바른 마음을 가지라고 유치원에서도 배우는데
어른이 되면서는 나 잘 났다고 건방을 떱니다.

진실로 어른다운 행동은
마음을 비우기부터 라고 노트에 메모하고
배꼽인사부터 시작합니다.

유치원 아이처럼 환히 웃으며 배꼽인사 하는 모습에
사람들은 당황하면서도 행복하게 웃습니다.
순진한 거야, 바보야. 는 '당신도 해봐'로 돌립니다.

41

뻗치는 흰머리

아유, 얄미워라. 정말 얄밉다.
반갑지도 않은데
일주일에 한 번씩은
꼬박꼬박 오는지 모르겠다.

모양새가 흉해서
까맣게 염색해 놓으면
제자리 비켜달라고
어느새 삐죽삐죽 나온다.

예쁘게 나와도
봐줄까 말까인데
사방으로 뻗치고 나와
까만 염색에도 희다고 밝힌다.

뒤통수 치고 싶은 남자

눌러진 머리에 느끼하게 동백기름 바른 남자

출근길에 어깨에는 비듬이 눈처럼 쌓인 남자

웃을 때 치아가 막걸리 같이 누런 남자

차안에서 담배꽁초를 밖으로 한방에 날리는 남자

길거리에서 대담하게 여자 성희롱하는 남자

아무데서나 건달 끼로 가래침을 내뱉은 남자

공공장소에서 자연스럽게 육두문자 날리는 남자

거리에서 이쑤시개로 양치질을 하는 남자

상의 올리고 개구리 배 득득 긁은 남자

말끝마다 쌍시옷이 입에 차지게 감겨있는 남자

음식하고 담배를 맛깔나게 섞어 먹은 남자

교양 있고 품위 있는 중년의 멋은 사소한 곳에 있습니다.

돈이 들어가는 것도 아니고 지배를 받는 것도 아닙니다.

민망한 언행보다는 깔끔한 언행은 남자의 고품격입니다.

뒤통수 치고 싶은 여자

헝클어진 머리에 모자 쓰고 향수 뿌리는 여자

출근길에 허둥지둥 몸단장하면서 달리는 여자

웃을 때 치아에 루주가 묻어있는 여자

차안 조수석에서 입으로 운전하는 여자

길거리에서 껌을 씹듯 대담하게 주접떠는 여자

상대방의 말을 가로채고 대화의 질서를 어기는 여자

섹시함과 천박함의 차이를 모르고 지나치게 노출하는 여자

거리에서 얼굴에 파운데이션 바르는 여자

오백년 살아온 지혜처럼 말끝마다 가르치려는 여자

때와 장소 불문하고 흥정을 마당놀이로 즐기는 여자

사람의 단점하고 음식을 섞어 먹은 여자

아름답고 품위 있는 중년의 멋은 사소한 곳에 있습니다.

논이 늘어가는 것도 아니고 지배를 받는 것도 아닙니다.

민망한 언행보다는 깔끔한 언행은 여자의 고품격입니다.

있잖아, 나말이야.

있잖아, 나말이야.
너 때문에 아픈 나는
더 이상
너 때문에 울지 않으련다.

내게 서운해서 등 돌리는 너
어려서 그러거니 하고
미안해서 달래기를 십년이다.

안 보고 살면 그만이다는 너
너만 편하고 괜찮다면
돌아보거나 기억하지 않으련다.

그래서 말하는데
나도 편하고 괜찮아서
영영 이별 하고 싶다.

있잖아, 나말이야.
이제는 더 이상
너 때문에
내 마음 아파하지 않으련다.

봉선화 꽃물

이거 열개의 손톱에 난리가 났습니다.

육이오 때 난리는 난리도 아닙니다.

서로 더 진하게 해달라고 난리가 아닙니다.

깜찍하고 발랄한 십대 조카 예스터와 수잔나

언니, 이모, 언니의 시어머님까지

두루두루 앉아서 나만 쳐다보고 있습니다.

한국을 그리워하고 미국에 사시는 분들께

무엇을 선물하면 좋을까 생각하다가

내 손톱에 봉선화 꽃물을 보는 순간

아, 이거다 싶어

문구점에서 대량의 분말가루를 구입해서

정겨운 옛 추억을 떠오르게 하고 싶었습니다.

연세가 칠십 가까이 되시는 언니의 시어머님은

꽃물 들여진 빨간 손톱에

예전의 봉선화 꽃피는 뜰이 보이듯이

다 잊고 살았는데...

참 곱다 정말 곱다고 감탄을 하시고

언니와 이모는

새빨간 손톱을 하늘로 쫙 펴서 올리고

미국 것들은 아무것도 몰라야 풀로만 알지

이런 멋도 모른다면서 배꼽이 빠지게 웃고

조카 둘은 손톱에 빨간 피는 처음 보는데

신기하고 예뻐서

미국 친구들에게 자랑도 하고

꽃물을 들여 주겠다고 합니다.

그리고는 발가락을 다 드러내기 시작합니다.

봉선화 꽃물에

열두 번 죽어도 좋을 난리가 났습니다.

탱크하고 포탄보다 더 강한

우리만의 문화생활에

부모와 형제 이웃의 사랑과 우정이 버무려진 꽃물을

조금이라도 더 오래 간직하고 싶어서

발톱까지 붉디붉게 물들이려고 난리가 났습니다.

멀쩡한 가스레인지

우리 사랑 지독히 열렬하다.
너무나 열렬해서
인생에서 조금은 지겨워진다.

어디가 아픈 것 같으면
그동안 정이 들어서
다시 생각이라도 해보는데.

이십 년을 일단도 변함없이
켰다 하면 활활 타오르고
끄면 그대로 잠잠하니.

버리고 싶어도 버릴 수 없는
멀쩡한 가스레인지 너를
이러지도 저러지도 못하고 있다.

병나서 쉬고 싶을 때도 됐는데
너무나 굳건해서
내 인생에서 정말로 지겨워진다.

중년의 빛깔

세상은 늘 다른 모습으로 변해가듯이
지나가는 남자의 모습도 변해가고
지나오는 여자의 모습도 변해갑니다.
다만 인식하는 두께의 차이일 뿐입니다.

한때는
수묵화처럼 단아하고 모던한 옷차림새가
어느 날 갑자기
화려한 빛깔의 꽃무늬를 좋아하게 됩니다.

그 어느 날이
마음만 청춘이라는 중년을 인식하는 시기인데
나 또한
낯설고 생소해서 멀리 도망가려고 했습니다.

무지개 색깔은 어린아이나 노인의 색이라고
머릿속에 각인이 되어서 지워지지 않는데
빛깔이 약한 옷은 핏기 잃은 송장 같고
빛깔이 선명한 옷은 인상이 산뜻해 보입니다.

봄에서 여름으로 계절의 변화는 익숙한데
우리의 나이에는 좀처럼 변화를 두려워하고
봄에서 겨울이 된 후에야 모든 것을 알고
중년의 빛깔을 당당하게 입고 옷깃을 세웁니다.

양다리 종결자

당신은 바쁘게 살고 있네요.
하루에 열여덟 시간 일하고
일주일에 칠일을 일해야 하는
스티브 잡스보다 더 바쁘네요.

몸매가 쭉쭉 빵빵한 아가씨에게
두 근반 세 근반 가슴 설레고
부드럽게 돌아온 싱글에게도
끌리는 마음은 하늘로 치솟네요.

예의보다는 이기적인 배려로
더 나은 여자를 찾기 위해
더 맞는 여자를 찾기 위해
자기중심의 공간에서 즐기네요.

일이 바쁘다고
우아하게 거짓말을 하면서.

스티브 잡스보다 더 바쁜
어장관리의 달인 양다리 종결자.

딱 이만큼은 사랑받고 싶습니다.

사람의 취향은 참으로 다양합니다.
다양한 만큼 개성 또한 독특합니다.

나는 사뿐히 글을 내려놓을 때마다
취향이 다양하고 개성이 독특한
당신의 마음 방에
촛불이 켜있는 것처럼
환하고 행복하기를 바랍니다.

커피를 좋아하는 사람에게는
한 잔의 따뜻하고 향기로운 맛으로.

술을 좋아하는 사람에게는
한 잔의 옛 추억과 낭만의 기쁨으로.

담배를 좋아하는 사람에게는
한 개비의 휴_하는 들숨과 날숨의
여유 있는 마음으로 행복하기를 바랍니다.

머리가 아픈 사람에게는
두통약 한 알처럼 맑으면서 시원해지고.

가슴이 체한 사람에게는
소화제 한 알처럼 기분이 상쾌해지고.

해외토픽의 긍정적인 한 줄의 유머처럼
뱃살이 파랗게 출렁거리기를 바랍니다.

나는 당신이 지르밟고 가시라 내려놓은 글을
밤마다 쓰다가마는 편지처럼
아직도 미완성의 글이나마
당신에게 딱 이만큼의 사랑은 받고 싶습니다.

맞아요, 그래요.

중년의 초입에 들어서서
얼굴에 주름이 생겨서인지
조급하게 쫓기는 마음으로
걱정을 만들기 보다는
평정과 평온을 유지합니다.

전에 없이 격한 마음은 가다듬고
굳어진 마음은
부끄러운 미소를 짓고
연약하고 소극적이기 보다는
칭찬도 아끼지 않고 곧잘 합니다.

누구와 공감하는 이야기를 하다가
마음에 와 닿은 말이 나오면
주저 없이
어쩌면 내 생각하고 똑같아요.
맞아요, 그래요. 하고
거침없는 폭풍처럼 웃기도 합니다.

존경과 사랑

남자는

친절쟁이

사랑쟁이

센스쟁이

이여야

여자의 존경을 받고.

여자는

귀염둥이

깔끔둥이

애교둥이

이여야

남자의 사랑을 받습니다.

아기 같은 당신

눈에 장난기가 가득해
때로는 천진해 보이고
때로는 얄궂은 당신은
응석받이 아기처럼
오늘도 내 곁에 맴돌며
사랑해 달라고 조르네요.

그다지 말은 없어도
내가 물을 마시면
똑같이 물을 마시고
내가 기침하면
같이 헛기침을 하네요.

나이를 먹어가도
아기 같은 당신이
어찌나 귀여운지
아옹 깨물고 싶고
따라쟁이 애교가
너무나 사랑스러워요.

춤추는 감정

반질반질한 얼굴에
날은 저물어
검버섯이 피어나도.

흐르는 물 따라
너울너울
춤추는 감정으로
나부낄 수 있을까.

무정한 세월에
초조한 마음
소리 없이 비우고.

마음은 한가로이
기쁨은 기쁨으로
자축하고 싶은데.

나 그리 할 수 있을까
그러한 훗날이고 싶은데
그러면 얼마나 좋을까.

내 아름다운 연인

호사스러운 비단 옷을 입지 않아도
늘 당신의 눈매에는
고귀한 기품이 담겨져 빛이 납니다.

금태 두른 명함을 지니지 않아도
늘 당신의 입가에는
여유롭고 평온한 미소가 있습니다.

지나가는 아이의 콧물을 닦아주고
외로운 노인의 말벗도 되어주는 당신.

해는 해라서 따뜻하고
바람은 바람이라서 시원하다는 당신은.

지금의 모든 것을 가슴으로 사랑하고
마음의 소리를 순수하게 읊어냅니다.

당신은 시인입니다.
맑은 느낌이 살아서 숨을 쉬는 시인
내 아름다운 연인은 참다운 시인입니다.

이게 여자의 결혼입니다.

1) 호수 같이 맑고 깊은 눈은 매의 눈처럼 매서워집니다.

2) 새콤달콤하게 앵두를 먹은 입안은
   모래알을 씹은 것처럼 깔깔한 입맛으로 변합니다.

3) 남자의 통화는 일이고 여자의 통화는 잡담이라
   통화 중에 남편이 들어오면 이야기는 중지합니다.

4) 남편의 속 내용을 완전하게 파악 할 수 없어서
   믿어서 더럽고 사랑해서 치사하기를 거듭합니다.

5) 행복한 나 자신을 위해서 활짝 웃기 보다는
   괜히 우울하고 슬퍼서 눈물을 질금질금 흘립니다.

6) 시댁의 행사는 국경일이고 내 행사는 제삿날입니다.

7) 결혼해서 날씬하고 매력 있는 모습은 사치라 보고
   나이와 아줌마답게 꾸미라고 배려해 줍니다.

8) 시댁 일로 의견이 맞지 않아 남편 얼굴에 왕소금을
   한 가마니 뿌리고 싶은 것을 참고 존댓말 합니다.

9) 대 녕설에는 시댁에 할 일이 별로 없어도
   해가 중천에 떠 있을 때
   참석을 해야 제대로 된 며느리 노릇입니다.

10) 배고프지 않아도 때 되면 가족과 함께 밥 먹고
공감이 가지 않은 이야기에도 웃는 얼굴로
표정 관리를 잘 해야 결혼 생활이 순탄 합니다.

중년의 신혼생활

시간이 갈수록 당신이 좋습니다.
세월이 갈수록 무진장 좋습니다.

우리 부부가 젊어서 한창 때는
얼굴을 쳐다보고 살기 보다는
시계를 쳐다보고 살기 바빴습니다.

지금 몇 시야, 지금 몇 분 됐어...
빨리 출근해야 하는데... 늦었다.
우리는 허겁지겁 시간에 달렸습니다.

시간에 달리고
세월에 달리다 보니.

어느새 검은 머리는 하얗게 되고
나이 들어가면서 눈은 침침해지고
귀는 소리가 들리지 않게 되었습니다.

어쩌면 우리는 열심히 살아온 추억을
서로가 아름다운 기억으로 돌려주기에
중년의 신혼 생활을 하는지도 모릅니다.

나날이 시계를 쳐다보고 살기 보나는
얼굴에 풍요로운 잔주름도 보아 주고
대자연을 쳐다보는 여유도 얻었습니다.

시간이 가면 갈수록 마음이 원하는
당신의 눈이 되어 나는 좋습니다.

세월이 가면 갈수록 가슴이 원하는
당신의 귀가 되어 나는 행복합니다.

오랜만인 당신

그동안 먹고 살기 바빠서
친구들하고
연락을 끊고 살았다는
당신의 짤막한 메시지가.

참으로 반가워서
맑은 하늘을 보듯
보고 또 보고
오랜만인 당신을 반겼습니다.

잠시 눈가는 촉촉해지고
입가에는 잔잔한 미소가 흐르고
가슴이 가늘게 떨릴 만큼
기다려온 당신을 반겼습니다.

지난겨울에
붉은 스웨터를 멋있게 입은 당신이
내 앞에서 한참을 서성이다가.

어렵게 권하는 술 한 잔을
눈 딱 감고
받아 미실 걸... 하고 후회 했습니다.

이기지도 못하는 술에 취하면
달님이 어딘지도 모르게
내동댕이칠까봐 거절한 것이
그동안 마음에 걸렸습니다.

오랜만인 당신이
다음에 술 한 잔 권하면
달님이 내동댕이치는 한이 있어도
기꺼이 받아서 마시렵니다.

지금의 삶은 어떻게 토닥이고 사는지
술 한 잔에 회포도 나누어 보고
느슨하게 풀어헤치는 노랫가락을
술 한 잔에 주거니 받거니 하렵니다.

그러니까,
그러니까 말이에요.
이렇게 구름 걷어 놓고
안개까지 걷어 놓았으니까요.

아무리 먹고 살기 바쁘고
순간순간 내가 얄미워도
연락은 끊지 말았으면 하는 사람이
당신이란 걸 잊지 않았으면 합니다.

고달픈 당신

석양빛이 불그스름 수놓아 가고
지친 해가 뉘엿뉘엿 저물어 가면.

바람 끝에 묻어 나오는
당신의 걸걸한 목소리가 기다려집니다.

매일같이 일용직 노동자로 살아가면서
한 줌의 시간을 꾸역꾸역 삼키는 것이
하늘 보기 민망하고 부끄럽다는 당신.

눈물의 무게에 견딜 수 없는 당신에게
나는 그저
마지못한 웃음으로 답해서 미안합니다.

홀로 외로이 살아가는 그 어깨가
아프게 결리는 고생살이로 보일 때는.

차라리 한 컵의 진흙탕 물이라면
단숨에 마시고 위로 할 수 있으련만.

딱히 그럴듯한 느낌을 내놓거나
유익을 주지 못히여 안다깝습니다.

그래도 어떻게 합니까.
당신 마음대로 멈출 수 없는 삶에
흔들리고 고달픈 나날이 있기에.

매 순간마다 소중하게 일깨우는
희망이 있고
그 희망에서 함께 호흡하고 싶은 것을.

그리하여 이리
해가 뉘엿뉘엿 저물어 가면
나는 당신의 목소리 기다려집니다.

꿈꾸는 플루트

이른 아침에
사뜻한 당신이 눈을 떴을 때
커튼 사이의 한줄기 빛은
내 미소로 쏟고 싶습니다.

스쳐 지나갈 바람이라도
두 손 모아
기도 할 수 있기에
내게 지닌 향기는
당신에게 스며들고 싶습니다.

이슬 머금은 내 눈에
평화로운 풍경을 그려 주고.

고요에 쌓여있는 슬픔을
여울여울
타오르게 하는 당신이기에.

하늘 밭에 아지랑이 속삭이듯
내 품에 당신을 안고
아물아물 피우고 싶습니다.

초록 밭에 나비와 꽃이 꿈을 꾸듯
소망을 꿈꾸는 플루트가
낮은 음색으로 소리 내어 봅니다.

기쁨의 끝에서 슬픔의 끝에 가더라도
당신을 플루트의 선율에 실어와
사랑하기 위하여 소리 내어 봅니다.

재수타령

인물이
잘나서 재수 없고
못나도 재수 없다.

행동이
느려서 재수 없고
빨라도 재수 없다.

삶이
행복해서 재수 없고
불행해도 재수 없다.

위법 행위 하고
통과되면 운이 좋고
걸리면 재수 없다.

허구한 날
이래서 재수 없고
저래도 재수 없어.

이 나비는 날개 찢기고
저 꽃은 생기 잃는다.

그리고 가재 눈은
밤낮없이 재수타령하다
재수 옴 붙기 십상이다.

햇살아, 고마워.

햇살아, 고마워.
너는 여전히 부지런해서
싱그럽고 깨끗한 미소로
삼월의 첫날 아침을 연다.

달빛에 취하여 있는 내가
커튼을 걷어 젖히고
창문을 열기도 전에.

내 곁에서 이전과 다름없이
빛과 그림자를 가꾸어 줘서
나는 너를 한없이 사랑한다.

콩깍지 천국

나는 당신이 까무러치도록 좋습니다.

사랑도
슬픔도
자유도
환히 꽃 피우게 해줘서 참으로 고맙습니다.

당신이 삶의 중압감에 지쳐 있을 때.

당신의 슬픔은 비를 뿌리지 않고
흘러가는 구름 속에 있고
휘파람을 부는 바람 속에도 있고
초록 잎에서 붉은 단풍으로
물들어 가는 노을 속에도 있었습니다.

내가 바라보고 할 수 있는 것은 오직.

공기와
시간과
생활에서
퇴색되어 가는 긴장은 풀고
우리만의 푸른 공간을 만드는 일입니다.

다행히 지금 우리의 쉼터에는.

사랑의 불이 켜졌다 꺼졌다
청개구리와 카멜레온 같아도
영혼과 영혼이 이어져서
육신과 마음이 치유되는.

콩깍지 천국에 함께 있어 행복합니다.

아주 좋은 날

첫 번째는
내가 이 세상에 태어나
부모와 자식으로 인연을 맺은 날이고.

두 번째는
내가 결혼해서
한 남자와 부부의 인연을 맺은 날이고.

세 번째는
빨간 사과를 먹은 태몽에 태어난 딸과
흰쌀밥을 먹은 태몽으로 태어난 아들의
부모가 되는 날들이다.

네 번째는 이렇게
부모와 자식으로의 인연으로
한 남자와 부부의 인연으로
부모가 되는 아름다운 인연으로
소중히 살아가는 것이 아주 좋은 날이다.

증도 바닷가에서. (76세 엄마의 글)

하얀 파도야, 너는 좋겠다.
너는 속상한 일을 시원하게
바위에 팍 하고 털어버리니
체증도 생기지 않고
답답하지 않아서 좋겠다.

나는 속상한 일이 있어도
꿀 먹은 벙어리처럼
아무 말도 하지 않아야
어른으로서의 체면이 서는데.

하얀 파도야, 너는 좋겠다.
아가리를 크게 벌리고
흰 거품을 치밀어 올려도
밀물의 아름다움이라고
만인이 박수를 치니 너는 좋겠다.

기운 달리다.

아이! 어쩌나. 토끼만한 작은 몸뚱이가
바둑알처럼 쪼끔만한 돌이 되어 버렸다.

요즘 꽃샘추위에 감기몸살을 앓다가
간들간들하게 수저들 기운이 있어서.

새벽의 찬 공기를 허연 입김으로 뚫고
때밀이에게 몸을 맡겨 개운하다 싶더니.

아이고머니! 아니다. 기운이 달리다.
몸에 기운이 더 빠져나가 달달 떨린다.

웃어야하나 울어야하나..
삼일 밤낮을 지새운 청춘은 어디 가고.

중년이 되면서
백지장도 들지 못할 횟수가 잦아진다.

가벼이 껑충 뛰는 이십분 거리의 집은
비단길이 아니라 무거운 가시밭길이다.

말랑말랑한 울 랑이

겨울밤 붉은 달 아래
숨 쉬는 빛 하나
내 것으로 사랑했지요.

몸매는 대쪽같이 곧고
마음은 꽃처럼 향기나
내 품으로 사랑했지요.

애교스럽게 신랑이라고
이 십 오년 부르다가
지금은 반으로 잘라
랑아, 랑아 불러대지요.

랑이라는 부름에
피부 속 생명력을 깨우고
마음속의 웃음을 깨워서.

말랑말랑한 울 랑이
사랑스러운 울 랑이.
미소가 백만 불짜리지요.

세월이 장난 할 틈 없이
첫눈에 시작된 내 사랑
내 것이 되어 행복합니다.

화장대에 놓인 하이힐

내 화장대에는 색조 화장품이 아닌
여름 하이힐 두 켤레가 있습니다.

하나는 황금색이고
또 하나는 검정색입니다.

날씬하고 세련되게 잘 빠진 힐은
다양한 보석 장식으로 되어 있습니다.

다섯 발가락 위에는
아슬아슬하게 가느다란 줄이 있고.

발목을 두르는 외줄은
아가씨의 끈 팬티처럼 섹시합니다.

일 년 내내
화장대에 있는 힐은 여자를 일깨워줍니다.

몸 관리에 방심하다 힐을 보면
체중감량에 신경 쓰기 시작합니다.

나이가 적으나 많으나
하이힐은 날씬해야 신을 수 있고.

양귀비도 하이힐을 소화하지 못하면
미인은 반납해야 하기 때문에.

나는 다이어트의 고통을 받더라도
발끝에서 봄을 느끼는 여자이고 싶습니다.

참사랑

어두운 밤하늘을

유심히 바라보면.

새록새록 하얗게

별꽃이 피어나듯.

진실한 부부간의

순수한 참사랑은.

메마른 고난에도

행복이 피어난다.

미소

미소는

향기로운

꽃송이다.

동그란

웃음의

꽃송이다.

그리움

나는 매일 들어간다.

내 집으로

내 방으로

아니, 아니다.

당신의

머리카락 숲을 헤치고

머릿속으로

마음속으로

푸른 숨결로 들어간다.

새콤달콤한 꿈

당신은
말이 없어
늘 외롭고
쓸쓸해 보여요.

이른 밤부터
새벽 동이
환하게
트일 때까지.

새까만 리모컨을
무작위로 누르다
사극이나 영화를
멀건이 보는 당신.

나는
그러는 당신의 방
당신 침대에서
함께 있고 싶어요.

말이 없어도
같은 베개에서
따스한 손을 잡고
오래 있고 싶어요.

아침마다 포옹해요.

당신아,
우리
아침마다
살갑게 포옹해요.

매서운 칼바람이
뺨을 스치면
자연을 이해하고
웃듯이.

날카로운 말이
꽃가루에 날려
눈 아프고
심장은 거칠어도.

하루하루 살면서
아무 탈 없이
무사히
잘 보내자고.

당신아,
우리
훈훈하게
위로의 포옹을 해요.

날마다
마음을
어루만져 주는
사랑의 포옹을 해요.

울 랑이는 최고의 명품 보약이다.

유리창에 비치는
햇살 한 조각에.

토끼와 사슴을
식지손가락으로.

그림놀이를 즐겨하는
설렘도 사라지고.

내 몸과 마음은
완전히 힘이 빠져.

샤페이 강아지처럼
주름이 쭈글쭈글한데.

랑이가 짜잔 하고
방긋 웃으면서 나타나면.

나는 신비롭게
힘이 솟아오른다.

금방
단비를 맞은.

오월의 장미처럼
눈동자가 화사해지면서.

웃음 속으로
흠뻑 빠진다.

울 랑이는
향기로운 비타민이다.

건강을 지켜주고
행복을 가꿔주는.

내 인생의 비타민
최고의 명품 보약이다.

푼수데기

우리 처음에는
밀고 당기고
미묘한
심리싸움을 했지요.

그러다.

시간이 흐를수록
미움에서도
내 인생보다
당신의 인생이 더 보이고.

어제와 오늘은.

기쁨에서
내 운명보다
당신의 운명을
더 사랑하게 됐지요.

내 마음을
당신 마음대로
해석하여도
나는 이해가 되고.

밀고 당겨도
멀미나지 않고
있는 그대로
받아들이는 것이 좋아졌지요.

사랑하기에 24시간이 모자라
나는 당신을 뒤따르면서
신나는 트로트를
사랑가로 부르고.

나이가 먹어갈수록
사랑에 대한 표현의 깊이가 깊어져
정숙해야 하는데
푼수데기라 뒤따르는 게 즐거워요.

나는 밀고 당기는 고집보다
푼수데기처럼 사는 것이
숨 쉬는 순간마다
행복의 포만감으로 느끼나봐요.

사랑한다는 말은.

사랑한다는
따뜻한
말은.

갓
태어난
아기가.

눈을
뜨지
않고도.

심장으로
듣는
말이다.

미운 오리 새끼

착하고 순한 당신도
내 마음을
삐딱하게 만들 때는
미운 오리 새끼입니다.

그 때는 안마를 해준다고
거실 바닥에 눕히고
양쪽 어깨와 넓은 등을
지근지근 밟습니다.

안마 받은 미운 오리는
몸이 가벼워서 좋고
분풀이하는 삐딱이는
속이 시원해서 좋습니다.

대추 토마토

아이, 요 녀석

달달하니 맛있다.

사각사각

툭툭 터지는 느낌.

한 입에 쏙 들어와

빨간 맛이 농후하다

입체적인 거짓말

중년의 대머리 아저씨
탈모의 빛나리 서방님.

새까만 고슴도치처럼
그간 답답해 보여서.

머리카락을 솎아 냈는데.

시간이 지남에 따라서
단출하게 가닥이 잡혀.

참 시원하고 좋습니다.

중년의 유쾌한 지식과
훈훈한 정도 보입니다.

얄미운 위선

당신은
사랑해주길 바라면서.

말끝마다
꼬투리만 찾아내고.

가슴이 벌렁거리는
사랑의 말은 안 합니다.

머리와 감정은
의논이 되지 않아.

갈피를 잡을 수 없는 일에
아프거나 고통스러워서.

따듯하고 포근하게
안아주길 바라면서.

가슴이 짜릿한
사랑의 말은 안 합니다.

안 하고는
살 수 없는데.

안 하고는
살아갈 수 없는데.

당신은
오직 바랄 뿐.

절대로
그 말은 하지 않습니다.

건전한 소비

은은한 원색의
바람을 일으킨다.

옷장에 맞춤으로
진열되어 있는.

세련미 넘치는
검은색 옷가지가.

창틀에 쌓여진
먼지만도 못하다.

구슬이 서 말이라도
꿰어야 보배 듯이.

아무리 값비싸고
헤아릴 수 없는
추억이 깃들어 있어도.

유행이 지나고
제자리에서
낡아가는 옷은.

더 이상
생명이 있는
날개가 아니다.

은은한 원색의
바람을 일으킨다.

검은색 옷가지를
말끔히 걷어 내고.

푸른 사계의
나무와 꽃향기로.

옷장을
다양하게 채운다.

시간의
도도한 흐름에.

여자의
새로운 서막을
흰하게 열고

생명이 있는
날갯짓을 한다.

99

음악을 듣는 호사

아주 가까운 친구가 내게 묻는다.
22년 동안 옷가게 하다가
집에서 어떻게 지내고 있냐고.
돈 만지고 살다가 물 만지고 사니까
살맛이 나냐고.

그래서 농담으로 나는
돈을 물 쓰듯이 펑펑 쓰면서
유익한 음악 생활을 즐기고 있으니
걱정 붙들어 매고
커피 동냥 가면 반겨 주라고 한다.

나는 요즘
불교의 명상 음악과 우리의 민요
그리고 트로트 메들리와 전자 경음악
무도장 메들리를 마음껏 들으면서
매우 호사스럽게 살고 있다.

꼼꼼하게 짜여 있는
일상의 다람쥐 쳇바퀴를
영원히 탈출하고
자유로운 생활에서
나 혼자만의 설렘에 살고 있다.

아이큐를 높이고
나를 깊게 만드는 음악은
머리 아프고
가슴 밑바닥까지
통증에 짓눌리는데.

긴장하지 않아도 되는
나만의 공간에서
우아하고 지적인 음악보다
호박같이 펑퍼짐만 리듬에
막춤과 개다리 춤을 추면서
널리리 맘보로 호사를 누린다.

뚱딴지 전화

안녕하십니까,
존경하는 사모님.

저는 이번 땡땡 선거에 나오는
뚱딴지입니다.

주저리주저리 절절히, 절절히
기계적인 말씨가 청산유수다.

먼 산의 뜬구름 같은 공약을
믿어주라면서 마무리 하는데.

왜 하늘이 유난히 맑아 보일까.

숨통을 트이게 하는 하늘을 보고.

오늘 세 번째 뚱딴지들 전화에
그 마음 한결 같으라고 답한다.

행복한 여행

온몸의

기력이 빠져나가

후들거릴 때 보다는.

눈동자와

가슴이

설렐 때 떠나자.

달밤의 체조

혼자서 두 달째
양손에 아령을 들고
달밤의 체조를 한다.

갱년기도 아닌데
머리에 통증이 오고
불면증에 시달려.

가족 모두가
곤히
잠드는 사이에.

수완 호수공원에서
야경도 즐기고
근육 운동을 한다.

윗몸 일으키기, 허리 돌리기
자전거와 공중그네를 탄다.

한 시간 가량의 기계 체조는
찌든 잡념을 사라지게 하고.

음악에 맞춘 유산소 운동은
생활의 푸른 활력소가 되어.

내 몸의
지역별 일기예보는
밝고 맑음을 유지한다.

행복이 커가는 소리

아이가 까르르 웃는 얼굴로

밥그릇을 싹싹 비우고.

키가 쑥쑥 자라는 모습은

행복이 커가는 소리다.

보조개의 설움

소녀 때는

귀엽고 깜찍하다고 칭찬을 받고.

처녀 때는

매력 있다고 사랑을 받더니.

중년에는

푹 파인 주름으로 천대를 받는다.

남편에게 큰절합니다.

남편 생일날 아침에는
붉은 백일홍이 만발하듯
우리 집 거실에는
화기애애한 분위기에
가족의 웃음꽃이 만발합니다.

향기 좋은 모카 케이크에는
영원 영원히 젊게 살자는
청춘의 심벌인 열여덟 개의 촛불이
가족의 웃음소리에 붉게 물들어
앙증맞게 춤을 춥니다.

남편은 올해도 여전히
부처님처럼 근엄하게 정좌하고
나란히 서 있는
아내와 아들 딸을
흐뭇한 얼굴로 바라봅니다.

아내와 아들 딸은
오늘 생일의 주인공에게
축하의 미소를 지으면서
차례대로 큰절을 하고
마음의 편지를 전합니다.

항상 변함없이
가족의 건강 챙겨줘서 고맙고
바른말 고운 말로
외롭고 춥지 않도록
버팀목이 되어줘서 고맙다고 합니다.

화목한 우리 가족은
도란도란 케이크를 먹으면서
허례허식으로 선물을 하는 것 보다는
마음의 한 줄 편지가 감동 있고
감사의 큰절이 행복하다고 웃습니다.

간 떨어지게 하는 자리끼

아닌 밤중에 홍두깨지
남편이 한밤중에 물! 물! 하더니
숨 막힌 듯이 캑하고 쓰러집니다.

환절기의 목감기도 아니고
온몸이 휘청거리도록
술을 마시지도 않았는데.

갑자기 물을 찾다가 캑하기에
보리차 한 사발을
입술까지 대령합니다.

남편은 물을 꿀꺽꿀꺽 마시고
평온한 숨소리와
편안한 표정으로 잠듭니다.

방금 무슨 일이 있었나 싶게
아무 일이 없다는 듯이
평소처럼 한밤을 진행합니다.

내 간은 떨어지게 만들고
잘 자는 게 얄미워서 발로 툭 차도
헛웃음만 새도록 잘 잡니다.

놀래서 깬 잠이 다시 오지 않아
백과사전에서 자리끼를 보는데
웬 변덕, 헛웃음은 눈물로 변합니다.

몸속의 세포가 수분 부족으로
관절이나 피부가
천천히 말라붙은 현상이라니.

갈수록 노화가 되어가는
남편이 안쓰럽고 짠하게 느껴져서
나도 모르게 눈물이 흐릅니다.

남편의 머리맡에 자리끼를 놓고
이제는 깨지 말고 더 자라고
등을 토닥토닥 쓸어내립니다.

잠을 자는 동안은 푹 자라고
나는 남편의
고단함을 토닥토닥 쓸어내립니다.

통 큰 또라이 1 혼자서도 잘해요

월요일부터 금요일까지는 가게 일을 열심히 하고
토요일은 꼭두새벽부터 산행 준비로 부산하다.

옷가게 일 외는 잘 하는 일이 별로 없어서
요즘은 "혼자서도 잘해요"에 도전중이다.

가장 먼저 선택한 일은 버스나 전철을 탈 때
티브이에서 보았듯이 교통카드 사용 방법이다.

대학생 딸이 알아듣게 누누이 설명을 하는데도
실기는 달달 떨려서인지 타인에게 눈총 맞는다.

버스에서는 카드를 엉뚱하게 대서 망신당하고
전철에서는 왼손잡이라 나도 모르는 순간에
왼손으로 카드를 대서 삐 소리와 게이트에 걸린다.

버스 기사나
전철 역무원이
나잇값도 못한다고 할까봐
순간은 유치원생이었으면 얼마나 좋을까한다.

등산복 파는 여자라 겉은 멀쩡하게 차려입었는데
하는 짓이 어리버리해서 이상하게 보는 이가 있어도
세상 알아가는 재미에
스치고 지나는 타인의 시선은 크게 개의치 않는다.

통 큰 또라이 2 폼생폼사

홀로 산행 하다 힘겨울 때는
반질반질한 계곡 바위에
등에 진 배낭을 내려놓는다.

시원한 바람은 기다린 듯이
땀에 젖은 등을 말려주고
간지럽게 안마까지 해준다.

나는 편편한 바위에 다리를 뻗고
등산화와 양말을 벗은 다음에
얕게 흐르는 물에 발을 담근다.

그리고 배낭에서
도자기 접시와 포크를 꺼내서
과일과 떡 채소를 정리한다.

맑은 산의 경쾌한 소리를 벗 삼아
열매와 곡식과 푸른 잎을 먹으면서
물에 떠내려가는 낙엽에게 말을 한다.

나도 너처럼 그저 흘러가야 할 인생
홀로 머물 때나 내 멋대로 내 맛대로
폼생폼사로 마음을 표현한다고 말이다.

통 큰 또라이 3 땡전 한 푼 없다.

새벽 6시에 무등산 쪽으로 산행해서
오후 1시경에 증심사 쪽으로 하산했다.

제육 쌈밥 잘하는 한식집이 있어서
하산 길은 비료포대로 미끄럼 타듯했다.

점심을 맛있게 먹을 기대에 부풀어
쌈밥집 꽃길을 즐겁게 들어서는데.

아차차 이거 큰일 났다.
주머니에 땡전 한 푼 없다.

새벽에 버스 카드만
달랑 챙긴 것이다.

뱃속에서 꼬르륵하고 요동치는데
나는 어처구니없는 현실에서 멍해 있다.

초라하게 복잡한 의학 용어를 꺼내서
비판의 쌈으로 하기 싫어 더 멍멍해 있다.

그런데 뒤에서 누가 내 어깨를 툭툭 킨다.
웬 낯선 남자가 내게 왜 그러냐고 묻는다.

나는 다짜고짜 배고파요!!
배가 고파서 그래요 라고 했다.

남자는 한 손으로 테이블을 가리키면서
그럼 편안하게 밥 한 끼 먹자고 한다.

나는 구세주 일행에 끼어들기 계면쩍어
따로 앉아서 세월아 네월아 하고 밥을 먹었다.

그리고
배낭에서 사과 두 개와 오이 두 개를 꺼내
밥값을 내밀고 정말 고맙다고 인사를 했다.

행복한 점심 진짜 맛있게 잘 먹었다고
구세주에게 정중히 허리 굽혀 인사를 했다.

행복했다. 좋은 사람 만나 배부르고
땡전 한 푼 없는데 쌈밥 땡! 잡아서 행복했다.

통 큰 또라이 4 꾀는 게 뭔 대수냐!

거 참, 다 늙은 쭈그렁 영감탱이들이
조용히 막걸리나 마시지
산을 뜯고 날려버리게 말이 많다.

왕년의 골동품 인생살이를
우표 수집 하듯이
하나 둘 다닥다닥 모아 두었나.

막걸리 한 사발과 파전 한 접시에
듣는 이로 하여금
어중간한 인상으로 질식하게 만든다.

내장산의 애기단풍 구경 잘 하고
마음 한자락 내릴 쉼터가 필요해서
음식을 시키고 여유롭게 앉아 있는데.

예쁜 처자 혼자 먹기는 많으니
같이 먹자면서
할배들의 궁둥이가 어영부영 합석한다.

남자는 자고로 늙으면
입은 닫고 지갑은 열라고 했는데.

너냐 나냐 능청맞게
웃음보 터진 간이 씁쓸해 보인다.

나는, 누가 꾀는 게 뭔 대수냐!
벗 좋아 술 좋아 산 좋아 왔으니
이래저래 만취해서 가시라고.

주막집 젊은 주인 양반에게
할배 셋이서 드실
술과 안주를 푸짐히 부탁하고.

주책이 풍년 다발인 웃음과
허풍쟁이 목소리가 쩌렁하게 울리는
내장산의 주막집을 성큼 벗어났다.

한번 찔러보고 아니면 말고의
꾀는 게 뭔 대수냐 식인 할배들
아유, 꿈에 나타날까봐 무섭다.

통 큰 또라이 5 또라이 십계명

1) 나이가 몇 살 이고 휴대폰 번호가 몇 번인지 모른다.
   열여덟 살에서 멈춘 나이이고 휴대폰은 액세서리다.

2) 가족 생일이나 내 생일을 잊고 사는 일이 다반사다.
   특별한 숫자 챙기는데 큰 의미를 두지 않는다.

3) 길에서 즐거운 음악이 흐르면 내 몸은 춤을 춘다.
   쿵쿵 뛰는 심장은 처녀 때의 불같은 유혹 같다.

4) 처음 보는 사람인데도 만나면 껴안아 인사한다.
   왠지 반가우면 내 팔은 거리낌 없이 나비가 된다.

5) 개개인의 취향을 인정하고 진심으로 칭찬한다.
   나이나 직업을 들추어서 비아냥거리는 건 질투다.

6) 맵고 짜지 않게 음식 잘하는 집은 매일 출근한다.
   맛이 질릴 때까지 날마다 출근 도장을 찍는다.

7) 옷과 신발이 마음에 들면 저렴하든 고가이든
   똑같은 색과 디자인인데도 둘 이상은 구매한다.

8) 여행할 때는 휴게소마다 들려서 맛있는 긴식을 산다.
   흥얼흥얼 오물오물 소풍가는 기분을 마음껏 누린다.

9) 립스틱 금장식 머리염색 중 겉치레는 한 가지만 한다.
두 가지는 머리에 큰 꽃 꽂고 헤헤거리게 보인다.

10) 스크린과 무대에 감동받으면 옆 사람 상관없이
마음에서 멈추지 않고 눈물과 손뼉으로 표현한다.

통 큰 또라이 6 열여덟 개의 촛불

나는 결혼 후부터 바보가 꿈꾸는 세상처럼
달콤한 케이크에 열여덟 개의 촛불을 켭니다.

순수한 마음을 귀하게 열어서 사랑을 채워주고
향기로운 가슴을 소중히 지켜주는 18세 나이.

청초한 18세에는 사랑이 무한정 궁금하고
그 사랑 한번 알면 죽고 못 사는 설렘이기에.

케이크를 준비해야 하는
생일이나 결혼기념일
또는 행사의 순서와 다르게.

어느 날 파란 하늘빛에 유혹이 느껴지거나
짙푸른 낙엽에 심장을 녹이고 싶어질 때는.

가슴이 설렌 만큼 행복을 누리기 위해
생크림 케이크에 열여덟 개의 촛불을 켭니다.

통 큰 또라이 7 노랑머리 계집

노랑머리 계집을 보고
사람들은 입방아를 찧습니다.

두 가지 관점에서
멋있다 아니면 미친년입니다.

멋있다고 말하는 사람은
용기가 없어서 염색을 못 바꾸는데
매니큐어 입힌 황금색이 부럽다고 말하고.

미친년이라고 말하는 사람은
네가 아가씨냐. 나이가 몇 살 이냐면서
날카로운 눈으로 삿대질을 합니다.

노랑머리 계집은
사람들의 입방아를 어울리고 즐깁니다.

누가 무어라고 말을 하든
칭찬 아니면 질투라고 느끼기 때문입니다.

노랑머리는 난잡한 머리카락이 아니고
늘 깔끔하게 올린 머리를 하기 때문입니다

통 큰 또라이 8 변기통에서의 단잠

쾅 쾅 쾅!!!
안에 누구 있어요? 문 좀 열어 보세요!
문밖에서 남자 여자 목소리가
지글짝 보글짝 요란히 끓고 있습니다.

잠자는 여우 털을 누가 건드리나 싶어
나는 정신이 어렴풋한 상태에서
문고리를 옆으로 돌리는 순간 놀랬습니다.

야!!
문밖에서 우두둑 쏟아지는
까만 악마들의 괴성입니다.

너는 한 시간을 넘게 변기통에서 잠 퍼 자냐!
손님, 몸은 괜찮으세요. 약 드릴까요.
아이고!
여기가 자기네 집인가 보네. 푹 잤네, 푹 잤어.

향기로운 탄산음료 한 모금에도 비실거리면서
눈동자가 눈썹에 매달려 꼬꾸라질 만큼
지독한 양주 두 잔을 연속으로 마시고.

나만의 공간이 필요해서
간신히 몸을 주저앉히고 눈을 떴는데
변기통에서 세상모르고 달달하게 잤나봅니다.

나이도 얼마 안 먹은 삼십대 초반에
멋 부리고 나간 동창회 모임에서
칠칠맞은 삼순이가 되어버린 나는.

친구들에게 걱정시킨 죄로 침 파편을 수없이 맞고
웨이터에게 최하의 시원찮은 손님 취급을 당하고
생판 모르는 사람들에게는 개망신을 당했습니다.

통 큰 또라이 9 무시당한 마음

비가 오는 날
느닷없이 찾아온 남자 친구가
죽기 전에
확인 할 것이 있다고 합니다.

내게서
왜 버림을 받아야 했는지
그 이유를
꼭 알아야겠다며 독설을 퍼붓습니다.

모질게 배신하고
기껏해야
싸구려 옷 장사나 하고 있냐고.

같이 살았으면
해외여행도 다니고
사모님 소리도 듣는데.

화장기 하나 없이
초라한 지금의 모습
꼴이 좋다고 비아냥거립니다.

개뿔,
양심에 셔터 내리고
후회한다고 해야 속이 시원하나.

깽판 치는 눈동자를 건들 수도 없고
재잘대는 주둥이에다 잔돌을 물릴 수도 없고
일방적으로 배신한 죄 때문에 꾹 참습니다.

그리고
착각에 빠져 사는 게 좋을 것 같아서
많이 배우고 잘 생겨서 자신이 없었다고 말합니다.

차마
젓가락을 들쑥날쑥하게 잡아서 부담이었고
몽당연필처럼 키가 작아서였다고 말할 수 없었습니다.

옛 남자 친구가 눈앞에서
그랬구나, 하면서 서서히 멀어지자
무시당한 내 마음도 가벼이 안녕하고 인사를 합니다.

통 큰 또라이 10 아가씨, 술 좀 따라봐.

쪽진 머리에 연분홍 한복을 입은 신부가
흐트러져 있는 머리카락과 옷맵시를 다듬으려고
한쪽 벽으로 조신하게 걸어가는데.

한 남자가 갑자기 자리에서 일어나더니
신부의 손목을 세게 움켜잡고
비틀거리면서 고래고래 소리를 지릅니다.

"아가씨, 이리와 봐!
내가 팁 줄게 술 좀 따라 봐!
뭐 하고 있어!!
얼른 술 한 잔 따라 보래도!!"

순간 일이 커지기 전에 수습해야겠다 싶어
신부는 어쩔 수 없이 웃는 얼굴로
취객의 귀에 대고 노래하듯이 속삭입니다.

"야, 이 미친놈아, 너 똑바로 들어!
나, 오늘 결혼한 새 신부다.
너 여기서 더 까불면 내 손에 죽는다."

신부는 취객의 면전에다 육두문자를 닐리고
지금 바로 사과 하지 않으면
너랑 나랑 경찰서 가서 조서 받자고 했더니.

취객은 정신이 번쩍 드는지
아부야 어부야 하면서
신부에게 자기의 무례를 사과합니다.

오늘 정오에 결혼식을 마친 신부는
오후 세시쯤 무등 산장에서
친구들과 재미있게 댕기풀이를 하고.

마지막 하이라이트로
생음악의 열기가 달아오르는 클럽에서
밤을 뜨겁게 불사르려고 왔습니다.

그런데 뜻하지 않게 시비에 휘말린 신부는
결혼 첫날
입에 담기조차 부끄러운 쌍시옷을 거세게 날리고.

걱정스럽게 쳐다보고 있는 신랑과 우인들에게
아무 일이 없다는 듯이 손을 흔들고
다시 한쪽 벽으로 조신하게 걸어갔습니다.

배정이 제5시집

초판 1쇄 : 2016년 2월 1일

지 은 이 : 배정이

펴 낸 이 : 김락호

디자인 편집 : 이은희

기 획 : 시사랑음악사랑

인 쇄 : 청룡

연 락 처 : 1899-1341

홈페이지 주소 : www.poemmusic.net

E-Mail : poemarts@hanmail.net

정가 : 10,000원

ISBN : 979-11-86373-28-6